KB208572

지구로운
출 ● 발

지구로운 출·발

✦ 오늘부터 시작하는 가족형 친환경 실천기 ✦

밀키베이비 **김우영** 지음

팜파스

2050년이 아닌,
오늘이 중요한 당신에게

즐겁고 의미 있게 살고 싶은 한 아이의 엄마이자 그림 작가입니다.

저희 부부는 유달리 남보다 민감한 몸을 가지고 태어났고, 고통 속에서 학창 시절을 보냈습니다. 그러나 나을 거라는 희망과 유머만은 잃지 않았지요. 아이를 가진 후 화학제품을 멀리 하고 유기농 제품을 가까이 하면서 몸의 변화를 깨닫게 되었습니다. 지구의 상태에 대해 알면 알수록 기후위기가 심각하다는 것을 실감하고 더 다각도로 실천하기 시작했습니다. 무작정 열정적으로 하기도 하고 푸시식 식어서 회의와 냉소의 터널도 지났습니다. 점차 실천과 생각의 균형을 찾기 시작하면서 내 일상에서 지구를 위하는 일이 버겁게 느껴지지 않았습니다.

지구를 위하는 삶은 단순한 '환경 운동'이 아니라 '내가 어떻게 살고 싶은지'에 더 가깝습니다. 아이를 키우는 도시생활자는 늘 바쁩니다. 그러나 내가 사는 터전과 먹고사는 문제, 그리고 내가 원하지 않는 방향으로 이끄는 투명한 힘까지도 관심을 갖고 살고 싶었습니다. 나중에 나와 내 아이가 살아갈 세상이 너무 험난하지 않도록 말이죠. 작고 소소한 실천부터 시작했지만 조금씩 어떤 기업이 아직도 화석 연료를 고집하고 있는지, 정부는 어떤 정책을 지지하고 있는지, 세계 곳곳에서 어떤 일들이 일어나고 있는지 귀를 기울이다 보니 제 시야는 절로 넓어졌습니다.

이 웹툰은 완치 성공담이나 실천 매뉴얼은 아닙니다. 지구를 위하라는 매운 강요나 공포스러운 수치도 없고요. 저의 순한 맛 친환경 실천기는 육아와 병행하며 실행한 일상 밀착형 기록이자, 지구를 진짜 위하는 방법을 찾기 위해 이것저것 실험해본 기록입니다. 혼자 조용히 지구를 위해 실천하고 싶지는 않았고, 말과 글과 그림으로 남겨서 친환경의 씨앗을 옆 사람에게 나눠주고 싶었습니다. 여러분의 소중한 일상에도 건강한 초록색 변화가 일어나길 바라며.

밀키베이비 작가 김우영

밀작가

호기심 많은 웹툰작가.
고민보다 행동이 앞서는 성격이라 뭐든
해보고 자주 망한다. 가족의 환경병을 계기로
친환경 실천을 시작한다.

밀키아빠

꼼꼼한 회사원이자 자상한 아빠.
아토피에 시달리면서 환경에 관심을
갖게 된다. 애정하던 우유와 육식을 줄이고
채소의 맛을 알아가는 중.

밀키

오트밀크를 사랑하는 어린이.
환경 그림책과 다큐를 탐독한다.
요리똥손 엄마가 집밥을 하기 시작하면
도망간다.

밀키베이비의 웹툰은 2021년 1월부터 연재한 것으로
그림체가 다소 들쑥날쑥한 점 양해 부탁드립니다.

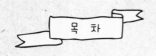

목차

Chapter
2

나와 지구에게
무해한 일상

윤리적 소비로
얻어낸 선택지

내 몸을 위한
맛있는 채식

Chapter 5

30+n년째 불변

**나를 위해
친환경!**

그전엔 몰랐다

면역 체계가 고장난 이 병들은
아직도 치료제가 없어요.

짐작은 했지만, 얘기 들으니
너무 심란하다…

시도 때도 없이 재채기와 콧물로
인간 같지 않은 몰골이 되는 알레르기,

살인적인 간지러움에 잠을 못 자고
긁어서 피가 철철 나는 아토피.

이 괴로움이, 내 아기한테 대물림된다고?

중증 아토피 남자와
중증 알레르기 여자가 만나
아기를 가졌습니다.

② 신혼

③ 중단

④ 회피

뭐야… 너무 방대하네.
이걸 다 피하고 살 수 있을까?

것보다… 지금부터 한다고 될까?
이미 내 몸에 나쁜 물질들이
축척되어 있을 텐데…

출산일이 임박했다.

신이 있다면… 제발 이 아토피의
고통은 저한테만 주시고
아기한테는 주지 마세요…

⑤ 출산

그런데 수일 후, 밀키의 몸에
붉은 염증과 진물이 나기 시작했어요.

식료품도 화학 물질, 유전자 조작, 농약 없는
걸로 최대한 바꾸고!

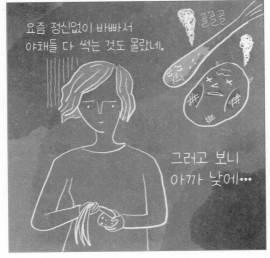

내 맘에 여유가 있어야
가족도 돌볼 여유가 생길 것 같았어요.
너무 스스로를 몰아붙이지 않기로 했죠.

밀키는 태열이 조금씩 나았지만,
밀가루나 튀김류를 먹으면
피부가 급격히 나빠졌어요.

으악,
그 과자
먹지 마!

우유   우유?

밀키 아빠는 연일 야근에, 불면증으로
얼굴이 더욱 어두워지고 있었죠.

APT 105

지금 낮인가 밤인가
굴다가 또 못 잤다.

밀키야
아빠
다녀올게...

⑨
도
피

쿨럭
쿨럭
쿨럭
쿨럭

기침이 한번 시작되면 좀처럼 멈추지 않아서 기침으로 죽을 수도 있겠다는 생각이 들었어요.

천식 증상이네요.
비염 오래 앓으면 천식 되는 분 많아요.
약이랑 스트레스 관리 잘하세요.
호흡곤란 오면 응급실 가시고요.

덤덤.

나까지 아프면 큰일인데…
치료제도 없고
원인도 모르는 병으로
평생 시달릴 순 없어!

그래, 시골로 가는거야…
다 그만두고!
깨끗한 자연에서 살면 나을 수도…
자급자족해야 하겠지만…

유기농 밀을 길러서 → 수확해서 → 탈곡하고 부셔서 → 반죽해서 → 구우면

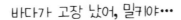

어떤 이는 유해물질이 좀 들어와도 괜찮지만

내 몸은 유해물질이 너무 많이 들어와서 일까, 고장이 났다.

뿌에치

우리 가족 모두 어딘가 고장 나 있었다. 조금이라도 유해물질을 피하려고 집에 플라스틱 용기를 없앴다. 끊임없이 시켜먹던 생수도 끊고 맨날 보리차를 열심히 끓이고 유기농 음식을 사서 조리하고, 간식도 비싸지만 눈 질끈 감고 무농약 과일과 유기농 과자만 사놓는다. 영양제도 멀티비타민뿐 아니라 유산균도 챙겨 먹었다. 괴로운 증상을 피하려고

커어다란 공기청정기를 사서 틀어대고, 자주 알코올로 소독하고 쓸고 닦고, 아이용 세제도 성분을 꼼꼼하게 보고 식구가 아주아주 순한 유아용만을 애용했다. 핸드, 바디는 물론 세탁세제도 마찬가지. 이불류는 천연 염색으로 된 것을 덮고, 아이 옷도 되도록 유기농 면으로만 입혔다. 그렇게 밀키가 태어나고 생활 전반에 온 신경을 쓴 지 5년이 지났다.

나는,
우리 집을
청정구역으로
만들고 싶었다.

바닷가 도착 전, 점심은 생선 정식을 먹었어요.

맛있게 구워졌다.
많이 먹어, 밀키야.

짭짤해, 맛있어!

그런데 바닷가에 도착해 널부러진
쓰레기들을 보면서 이런
걱정이 들었어요.

아까 먹은 생선은…
괜찮을까?

다큐 '플라스틱 오션'에서는
어미 새가 먹이라고 착각한
반짝이는 플라스틱을 아기 새에게
열심히 먹이는 장면이 나와요.

아기 새가 플라스틱으로 배 속이 가득 차
죽는 걸 보고 충격을 받았어요.

새뿐 아니라 많은 동물들이
해양오염으로 고통받는 뉴스가 떠오르면서

내 일상과 상관없는 일이라 여겼지만⋯
내 가족이 건강하려면 다른 생명과 자연이
건강해야 한다는, 당연한 진실을
깨달았어요.

✱ 아토피를 비롯한 면역 질환들이
'환경성 질환'으로 분류되어 연구되고 있어요.

우리 집만이 아니라 집 밖의 더 많은 곳을
지키기 위해 약간의 노력을 더 하기로 했어요.

밀키가 서른 살쯤(2050년)
기후 위기가 오면 면역 체계가
취약한 이들이 가장 타격이
클 텐데⋯

빙하가 녹아
나타난 바이러스

청정구역

플라스틱 발암물질

집 안을 청정구역으로 만들어도 완치되지 않았던 병들.
작은 힘이지만 지구를 위해 약간의 노력을 더하기로 했어요.
그게 치료제라고 믿고.

엄마,
저것도 줍자.

어, 음··

최근 밀키 가족의 상태는?

 그동안 밀키 아빠의 아토피는 어떤 약도 쓰지 않고 수년간 서서히 호전되었어요. 몸의 상처가 거의 남지 않았죠.

 몇 년 전 건강 악화로 퇴사까지 했지만, 규칙적인 식단과＊노 케미 생활로 건강을 회복하고 다시 일을 할 수 있게 되었어요.

 밀키는 면역질환이 있지만, 일상에 지장을 주는 심한 단계가 아니라 조심히 생활하고 있어요.

＊ 생필품, 식품 고를 때 화학첨가물을 피하는 것

안 좋은 음식 섭취, 불규칙한 생활이 지속되면
몸 상태가 다시 나빠지므로

크아악
튀김의 유혹을
이겨내지 못했어!

내가 왜 먹었을까!

벅벅벅

가능한 한 규칙적으로 생활하고,
영양제를 섭취해요.

잠이 보약이라는 말처럼,
잘 자려고 노력하고요.

빡빡한 직장생활을 하면서
식단과 운동을 병행하기 힘들었는데
코로나로 집에 있는 시간이 길어지자

체력을
기르자!
헥헥

채식과 산책을 더 많이 하게 되었어요!

건강을 유지할 수 있는 제품을 지지하고,
환경 개선에 참여하고,
유기농 식품을 가까이하는 것은
유행을 따르는 것이 아니라 생존을 위한 선택이
었어요.

유기농

농약

건강을 조금씩 회복하자, 다른 생명도 살필 여유가 생겼어요. 다 같이 살기 위해 뭘 해야 할까? 답을 찾기 위해 이 툰을 시작하게 되었죠.

친환경 실천이 번거롭고 귀찮지만 바닷물이 뜨거워져서 죽어가는 산호가 나보다 더 불편하지 않을까?

산호야, 죽으면 안 돼~!

← 다큐 '산호를 따라서'

각종 질환과 싸우는 동안
깨달은 것은

'모든 것은 연결되어 있다.'

고통스러웠던 시간이 길었던 만큼
더 빨리, 적극적으로 우리 가족뿐 아니라
지구를 위한 실천이 가능했고

생활 곳곳에서 변화가 일어나기 시작했어요.

밀키도 자기가 살아야 하는 미래에 관심을 갖고,
환경 문제에 적극적으로 참여하곤 해요.

비닐봉지 안 주셔도 되어요!

아, 그러니?

종종 환경 포스터를 만들어 붙이기도 하고요.

가족의 건강을 위해 친환경 실천을 하게 되었지만,
지구를 지키는 작은 실천으로 확장하고,
여러분과 생각을 공유하면서 배우는 게 더 많아졌어요.
그린밀키는, 실천기로 계속 이어갈게요!

윤리적 소비를 위한 **체크 리스트!**

- ☐ 이왕이면 공정무역 제품을 이용해요.
- ☐ 일회용보다 다회용을 구매해요.
- ☐ 제철+로컬을 사면 더 건강해요.
- ☐ 원재료가 친환경적으로 만들어진 것인지 확인해보아요!
- ☐ 중고, 빈티지와 사랑에 빠져보세요.
- ☐ 자연을 아프게 하는 포장인지 확인해보아요.
  예를 들면 플라스틱병!

친환경 실천툰은 그림 일기 쓰듯 시작했어요.
나와 지구에 좋은 일을 한 날에는 그림 일기로 기록해보세요.

밀키와 반려식물을 사러 꽃시장에 갔다. 식물킬러지만 이번엔 잘 키워봐야지.

date / weather

나와 지구에게
무해한 일상

기억나시나요?
제가
미니멀 라이프를
작심하고

2019.12~2020.01 즈음··

제 삶에서 물건들을 단 시간에
왕창 삭제했는데,

'미니멀 라이프를
실천했다!'고
자기만족했을 뿐

그 물건들이 어디로 갔는지
미처 생각하지 못했어요.

저보다 지구에
오래오래 남아 있을
쓰레기들…
지구에게 너무
미안했죠.

밀키는 요즘 지구를 많이 걱정해요.

지구야
아프지 마…

우리 삶에 들일 물건의 '시작'뿐 아니라 '끝'도
더욱 신중하게 살펴야겠다는 생각이 들었어요.

밀랍을 녹여서…

납작한 팬에 하면 더 좋은데 저는 이것밖에 없어서… 아참, 밀랍은 열에 녹아서 들러붙지 않아요! 걱정 노노!

깨끗한 광목천에 녹은 밀랍을
골고루 묻혀주면 끝.

파닥파닥 식혀주면
금방 굳어요.

보풀이 생겼다면, 밀랍만 사서 다시 입히면 돼요!

밀랍랩 살려볼까?

※ 밀랍은 얇거나 비즈 형태면 유산지 깔고 다리미에,
블록 형태라면 안 쓰는 팬에 녹여 입히는 걸 추천해요!

※ 세척해서 말린 밀랍랩에 밀랍 블록을 다시 입혀주었어요.
간단한 공정이지만 환기 필수!

꿀냄새가 참
좋아요!
잘 녹여주세요.

요로코롬 집게로
집어 두면,
다른 천에 밀랍 입힐 동안
바싹 말라요.

집에 있는
접시 크기에
맞춰 만드세요!

겁나게 간단해…!

밀랍랩 처음 만들던 날, 롤 비닐이 남아 있었어요.
비닐은 이것까지만 쓰고, 더 사지 말자고 다짐했죠.
그런데 밀랍랩 쓰느라 10개월 후에도 비닐롤이 남아 있어요!
밀랍랩, 진짜 고마워♥

찬밥 신세로군…?

가

무환자나무의 열매인 소프넛. Soap nut 이라는 이름처럼 화학세제 대신 다용도 비누로 쓰이고, 버릴 땐 생분해되는 천연 세제래요.

오- 신기해-

사포닌류 천연 계면활성제 성분이 물과 닿으면 거품이 만들어지죠.

싸고,
여러 번 사용 가능,
저자극이라 훌륭한
세제 대체제란
여러 글과 영상을 봤지만,

사포닌이 물고기에게
독성 성분이고, 소프넛이
세정력이 거의 없다는
주장도 있어요.

세탁이 안 되면
안 쓸 거야!

세탁
요정

?

잠깐만...

소프넛의 세척력을
알아보고자 냉수에
손빨래를 시작…

왼쪽은
소프넛 8개를
푼 물에 빨고

오른쪽 다리 부분은 집에 있었던
천연세제(에코*)로 빨아보았어요.

거품은 세제가 훨씬 많이 생겼고

스프넛은 헹굴 때 거품이 빨리 제거되는 느낌!

1-2분간 조물거리고 헹궈서 바짝 말려보니

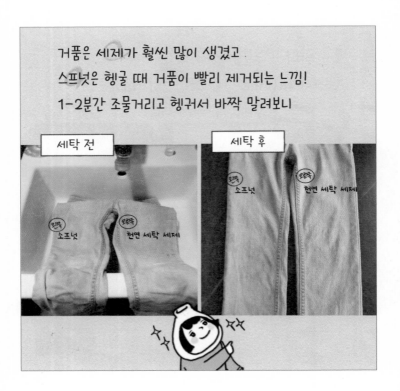

실험 끝- 결론! 흠-

> 양쪽 다 왠만한 더러움은 사라짐

세제로 빤 것과 육안으로 차이 없음!
둘 다 얼룩 세정이 완전히 되진 않음.

> 물고기에게 독성이 있다는 성분은?

'사포닌'은 거품을 일으키고 기름때를 제거하는
식물 유래 성분으로, 독성은 대량 방출일 때
물고기에게 문제가 된다고 함. But 화학
계면활성제가 물고기에게 더 해로움.

(*완벽한 실험은 아니며 개인적인 의견입니다.)

올 초, 옷장 정리를 하면서
멀쩡한 옷들이 더 오래 쓰일 수 있도록
직접 기부하고, 빈티지 옷을 구입해보는
선순환을 시작하기로 했어요.

먼저 밀키와 찾아간 곳은 아름다운 가게.
정리한 어른 옷들을 기부했어요.

필요한 분들께 닿기를!

옷을 기부하고
영수증을 받았어요. ^^

매년 4월쯤 한 살림에선 안 입는 옷을 모으는
'옷 되살림 운동'을 해요. 저는 작년에 놓쳐서
지난 주 밀키 옷들을 기부했어요.

잘가
" 내 옷들아!

파키스탄 아이들을
돕는 데 쓰여요.♡ ←

옷을 사고 싶을 땐
빈티지 숍에 들러요.
전 세계 다양한 디자인의
옷들이 진짜 매력적이에요.

개인전 때
입은 옷도
빈티지 숍에서 발견!

이 멋진 옷들을 그냥 폐기해버렸다면?
자원도 낭비, 지구도 아프고…

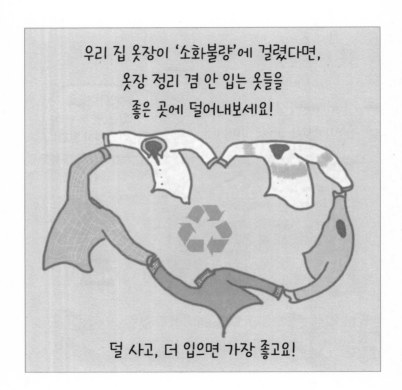

우리 집 옷장이 '소화불량'에 걸렸다면,
옷장 정리 겸 안 입는 옷들을
좋은 곳에 덜어내보세요!

덜 사고, 더 입으면 가장 좋고요!

무엇보다 반려식물은 저의 정신건강의 척도예요.
식물에게 물을 못 줄 정도로 바빠지면
하던 일을 멈추고, 돌아볼 때인 거죠.

내 삶에 어떤 것이 가장 중요한지, 생각해야
할 때를 알려주는 알람시계와도 같달까요?

매시간 자유롭고
싶어서
돈을 버는 데
시간을 팔아서
돈을 벌고 있지는
않은가···

돌봐야 할 나 자신, 가족, 식물
그리고 주변에 다시금 눈을 돌릴 수 있게
도와주는 고마운 존재들이에요.

114

그래서 플라스틱 용기도 없애면서 번거로움도 줄이는
방법을 계속 고민했어요.

두 번째 시도는 용기가 필요 없는 고체 형태의
바 샴푸, 바디워시 + 삼베주머니의 조합이었죠.

액체보다 '고체' 형태가 화학 성분이 덜 들어가요.
올 2월부터 고체 형태의 비건 + 친환경 샴푸바를 쓰기
시작해서 두피 뾰루지와 가려움이 훨씬 줄었죠.

그러나…

흠…

여러분들이 댓글에 '고체' 목욕용품을 쓰면서
힘든 부분을 알려주셨는데,
저도 겪었던 것들이라 공감이 되었어요!

비누가 쉽게 물러지죠?

오! 저도 설거지바랑 샴푸, 보디, 얼굴 다 바꿨어요ㅎㅎ 근데 왜케 헤프게 사라지는지ㅎㅎ 친환경의 길은 비싼건가요ㅋㅋ 전 기능도 만족이에요.

삼베주머니가 은근 곰팡이 생기고ㅠ 비누로 된 트리트먼트는 천연성분이라 통에 든 것보다 잘 되는 느낌이 덜하더라구요.

저와 같은 불편함을 겪은 분들이 계실지 궁금한데,
당시 제가 쓰던 샴푸바는 매번 머리를 말리고 나면
머리털이 너무 **뻣뻣**해졌어요!

고체 목욕용품은 장점이 더 많아서 계속 쓰고 싶었지만,
가족에게 불편함을 강요하기는 싫었어요. (특히 밀키ㅠ)

그래서 머리가 왜 뻣뻣해지는지 알아내고 싶었죠.
그리고 해결책을 찾기로 했어요.

삼베망
말리는 중

나 머리
안감아!

에휴...

우리 몸은 중성인데, 바 형태의 비누를 쓰면 염기성으로 바뀌고
머리카락도 뻣뻣해져요. 산성 물질로 '중성'을 만들어주면
머릿결이 좋아진다는 간단한 사실을 알게 됐어요.

그래서 냉장고에 하나쯤 있는 사과 식초로 린스를 만들기로!
식초니까 수질오염 걱정은 노노 👆

처음 만든 린스는 사과 식초에 허브를 담가둔
초간단 버전. 머리카락은 몰라보게 부드러워졌지만
냄새가 너무 강해서 잠을 못잘 지경이었죠.

너무 많이 썼나…

우읍…!

그래서 식초 냄새를 최대한 줄이고 린스를 만들 수 있는 방법을 찾았어요. 제가 만든 간단 레시피는 집에 있는 🍎 식초를 10분 정도 끓여서 냄새를 많이 날리고

로즈마리는
걸러내요
↙

끓이면서 허브를 넣거나(말린 로즈마리 투하···)
식히고 나서 에센셜 오일도 몇 방울 떨어뜨려주면 완성이에요.

이 천연 린스를 고체 샴푸를 쓴 후에, 소주잔 반잔 정도의 식초 +
한 바가지의 물에
3분 정도 머리카락을
담갔다가 헹구면 끝.

저는 작은 유리병에 넣어두고 쓰고 있어요.
샴푸바 쓰고 이걸로 마무리해주면 터럭이 부들해지는 매직…

샴푸, 린스, 트리트먼트, 바디워시 통을 치우고 고체로 바꾸니
어느덧 욕실의 플라스틱이 절반 이하로 줄었어요.

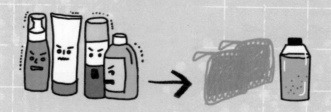

고체 목욕용품의 불편함도 줄여가면서,
내 삶과 지구를 좀먹는
플라스틱 괴물들도 없애니 기분이가 좋더랍니다.
그래서 제 레이다망에 걸린 다음 욕실용품은 바로…

화학물질이 잔뜩 든 플라스틱 속 치약.
워낙 익숙해져서 바꾸기까지 쫌 결심이 필요했어요.

매워~

고체 치약으로 바꿨지만 어른용이라 아이에겐
양도 맛도 적당한 걸 찾기 어려워서

아이랑 같이 쓸 수 있는 노 케미컬, 노 플라스틱!
고체 치약을 만들기로 했어요.

삽질장인

못미덥...

오호호호호호호

레시피가 생각보다 간단하고요.

인터넷에 나온 레시피대로 해도 잘 안 되어서
알맞은 농도를 스스로 찾기 위해 여러 번 테스트를 했어요.
저의 레시피는 다음 페이지에!
(가루→액체 순으로 섞어야 합니다!)

셔벗 같은 농도 말고   떡진 질감이 나야 성공!

재료 및 용량

1. 베이킹 소다 – 연마제

2. 덴탈실리카 – 미백, 치태 제거

3. 벤토나이트 클레이 – 미네랄이 든 화산재로
   보습 및 노폐물 제거

4. 자일리톨 – 충치 예방 겸 단맛 내는 성분

5. 코코넛오일 – 노폐물 흡착 및 가루 뭉쳐주는 역할

6. 애플워시 – 식물성 계면활성제로,
   거품을 원하시면 넣으세요.

***

이빨 하나 크기로 빚으면 한 60알 나옵니다.

1~2달 안에 다 써야 해요.

테스트 겸 저와 밀키랑 양치를 해보았는데
밀키가 도망갔어요. 그 이유는…!

밀키가 도망간 이유는 치약 맛이
너무 괴상했어요.

비슷한 재료와 과정으로 치약을 만드는 법은 인터넷에 많이 나와 있어요. 하지만 '맛'에 대한 언급은 거의 없었죠. 가족들에게 이 고약한 맛과 향을 참고 쓰라는 말은 도저히 할 수 없었어요.

그래서 재료 하나하나
맛을 봤어요.

냠

* 덴탈실리카 : 무취 무맛 ⊙⊙?
* 벤토나이트 클레이 : 흙 씹는 맛과 향
* 애플워시 : 신맛 + 짠맛 + 구역질나는 맛
* 자일리톨 : 겁나 단맛 ☺
* 베이킹 소다 : 참을 수 없는 짠맛 ☺
* 코코넛오일 : 코코넛 쿠키 향과 약간의 느끼함

맛을 고약하게 만든 범인은, 애플워시와 클레이였죠.

안정적으로 고체 형태를 만들어주는 클레이, 거품을 내는 애플워시…
과감히 빼고요! 코코넛 오일만으로 뭉치고, 단짠의 맛이 나도록,
여러 번의 테스트를 거쳐 만들었어요.

재료 및 용량

덴탈실리카 1ts
자일리톨 2ts
베이킹소다 1/2ts
코코넛오일 4ts

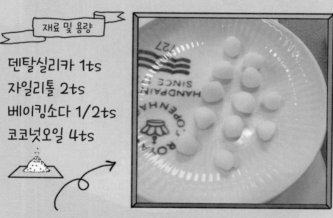

성분도 단출해졌죠? 이 용량으로 12개 정도 빚어집니다.

코코넛 향을 싫어하지 않는다면 이 정도의 성분으로도 충분해요.
어른만 쓴다면 페퍼민트 오일이나 멘톨을 약간 넣어 상쾌함을
추가할 수도 있어요.

오잉,
이번 건 맛있는데?
먹을 뻔했어‥

노노

거품
없음→

성공이닷…!

*아이들은 달아서 삼킬 수 있으니 주의!

예전엔 치약은 당연히 사는 거지, 집에서 만들 수 있을 거라고 생각하지 못했어요. 처음엔 환경을 위한 것이었지만⋯ 당연한 생각을 전환해보고, 직접 실천하면서 '내가 이런 것도 할 수 있네?' 하고 느끼게 되었어요.

엄마, 또 뭐 만들어?

후후⋯ 같이 만들까?

어릴 적 외할머니 댁에서 양봉을 도왔던(?) 경험을
밀키한테 이야기해주니
밀키도 넘나 해보고 싶다고 하더라고요.

그래서 가본 양봉 원데이 클래스!
양봉 체험장은 시골이 아닌
도심 속 주말 농장에 있었는데,
도시에선 다양한 먹이에 접근할 수
있어 벌이 살기 좋다고 해요.

🐝 벌의 경제적 가치는
자그마치 6조원!

수많은 작물의 수분을 해주고
꿀과 영양제도 만들어내는 벌.
벌이 없어진 세상은 상상하기 싫어요.

저는 벌을 무서워해요.
그러나 바지런히 움직이며
공동체를 가꾸는 꿀벌들을
실제로 보니
살짝 친근하게 느껴졌어요.

또한 꿀벌집과
양봉 과정을 보고
달달한 꿀물을 마시니…

꿀벌이 빡시게 모은 꿀을
그동안 허락도 없이 먹었구나 싶었죠…

미안…
소중히 먹을게…!

도심 속 공공녹지(공원, 궁궐)에 농약을 많이 뿌린다죠. 농약 말고 친환경 살충제로 바꿔서 곤충과 인간이 공존하며 사는 도시가 되면 좋겠어요.

숲속 통나무집인 휴양림에
묵으며 삼림욕을 했어요.

예약 성공!

휴양림 시설은 비교적
저렴하고 쾌적하여 그 예약이
아파트 청약 당첨보다
어렵다는 전설이…

깨끗한 숲에 '흔적'을 남기지 말자는 생각에
과일과 반찬 정도는 다회용기에 싸갔죠.

옥시벤존 성분 X

DEET 성분 X

여름엔 생태계에 무해한
선크림과 해충기피제를 준비하고요.

숲속을 거닐다 보면
신기하게도 스트레스가 낮아져 있어요.

자연에 대한 고마움을
충전하고 돌아온답니다.

밀키와 가기 좋았던 휴양림 Top3 골라보자면,

동두천 자연휴양림	송이밸리자연휴양림	두루웰 숲속문화촌
물놀이+gym+복층집	산책로 굳+버섯 맛집	DMZ자연+로컬 쇼핑

나의 채식 일기

매끼 무엇을, 왜 먹었는지 글과 그림으로 기억해보세요.

아침	

점심	

저녁	

오늘 먹은 채소는?

오늘 나의 기분는?

나의 채식 일기

매끼 무엇을, 왜 먹었는지 글과 그림으로 기억해보세요.

아침		◇ ◇ ◇

점심		◇ ◇ ◇

저녁		◇ ◇ ◇

오늘 먹은 채소는?

오늘 나의 기분는?

Chapter
3

윤리적 소비로 얻어낸
선택지

01. 진짜를 밝혀라

밀키베이비 친환경 실천기 – 비건과 동물복지

화장품에 '천연', '유기농' 단어는 함부로 쓸 수 없지만 요리조리 바꾼 문구는…

천연떡!

착한스킨
착한성분!

퓨어크림
자연주의!

클린로션
천연덕에

현혹되기 쉽죠. 지난달의 저처럼. ㅜ

＊ 성분 ＊
온갖 화학물질

네추럴이거며?

젠장!

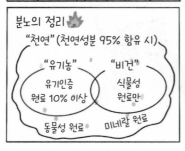

분노의 정리

"천연" (천연성분 95% 함유 시)

"유기농"
유기인증
원료 10% 이상

"비건"
식물성
원료만

동물성 원료

미네랄 원료

이제 쉽게 정리되셨죠?
인증 마크도 확인 꼭!

천연화장품

유기농화장품

Vegan

그린 밀키 시작할 무렵엔
비건 메이크업 브랜드가
많지 않았는데

폭풍 구글링

두두두두

올해는 고르기 힘들 정도.

비건뷰티   원조비건   레알클린
            100년 전통

그린본가   여기가 진짜 천연

저처럼 찾는 사람이
많아졌나 봐요.
"비건 선택지"가 생긴 걸 보니.

바르는 것을 구매할 때
저는 이 세 가지를 고려해요.

1. 케이스 : 생분해가 가능한 소재로 만들거나
재활용에 적극적인지.

2. 인증 확인 : 동물 실험은 배제하고
비건 인증을 받았는지.

3. 제품력 : 사기 전엔 리뷰로밖에 알 수 없지만,
다양하게 기초 제품을 써보고 나니 좋은 제품을
고를 수 있게 되었어요.

칫솔을 2개월에 한 번 바꾼다 치면
일 년에 6개를 버립니다.
많지 않은 것 같은데··

35년으로 계산하면 지구에 210개 버린 셈입니다.
그런데 나만 칫솔 쓰는 게 아니니
5천만 명의 한국인, 아니 지구인을 다 합하면…?

작년 12월,
플라스틱 칫솔을 대나무로 바꿨습니다.
물론 예전에도 몇 번 시도했었는데
그때는 품질이 너무 조악했죠.

요즘엔 대나무 칫솔, 재활용 플라스틱 칫솔 등
다양한 제품이 나오고 품질도 괜찮아요.

관리팁:
잘 말려주고 가끔 소금물로 소독해주면 ok.

고체 치약, 치실도 친환경 제품으로 모두 바꾸니
양치도구 살 때마다 불편했던 마음 한구석이
민트향처럼 후련해졌어요.

① 잘 익은 수세미는 껍질을 벗겨서

훌렁~

② 씨를 빼내고 판매되어요.

퓻

퓨 퓨

③ 밀키랑 한 번 쓸 만큼 잘랐어요!

요고 ♡ ♡
진짜 자연이 주는 선물

그동안 썼던
플라스틱 수세미, 목욕 스펀지들 안녕…!

아주 작은 것만 바꾼 것뿐인데
친환경 실천 넘나 쉬운 것!

리콜 목록에
밀키가 선물 받아 가지고 놀던
장난감이 있었거든요.

이 펜에 납 성분이…!

아이들 용품에 중금속과 환경호르몬이
기준치의 300배 넘게 초과되어
놀라고 화가 났죠.

버릴 때도
지구에 미안한
제품

저는 어린이용품 살 때,
되도록 '천연 재료'로 골라요.

석유 추출물인 플라스틱 ✕   나무, 종이, 사탕수수, 밀가루 등 ○

나무도, 내 아이도
아프지 않아야겠죠?

무독성, KC인증 ≠ 친환경
친환경 단어가 남발되고 있어요.
과장광고에 속지 않기!

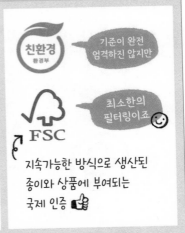

친환경
환경부

기준이 완전
엄격하진 않지만

FSC

최소한의
필터링이죠 😊

지속가능한 방식으로 생산된
종이와 상품에 부여되는
국제 인증 👍

섬유류에 쓰는 국제 유기농 인증, 3개만 알아도 굳!

유기농면? 3년 이상 농약과 화학비료를 사용하지 않은
토양에서 유기농법으로 재배한 면

화학물질 없는 천 인형

아이가
물고
빠는

오가닉
Organic

가짜 인증들 조심하세요!

유기농 면
95% 이상

블렌디드는
5% 이상

ORGANIC 100
content standard

ORGANIC BLENDED
content standard

GLOBAL ORGANIC TEXTILE STANDARD · GOTS ·

유기농 인증
섬유 70% 이상

요즘 업사이클 의류 제품 많죠? 그린워싱 피하려면
재활용 인증 받았나 보세요.

페트병이 옷으로, 폐현수막이 가방으로…

 재활용 원료 95% 이상 얘는 5% 이상

Global Recycled
Standard
©TextileExchange

얘는 GR맞게 까다로운 인증으로
(줄여서 GR) 직원 인증 보장.
유해물질 사용 여부 등 제품 생산
과정에서 사회적·환경적·화학적
책임 기준도 맞춰야 해요!

환경 인증들 너무 많죠.
인증들은 늘어나고,
인증받았다고 완벽하지 않지만…

이게
다 뭐니?

이 셋은
국제 인증

Good
Recycled

GR : 이름은 같은데
인증

173

아이 피부가 민감하다면
욕실용품, 바르는 것 살 때 확인하고 사세요!

나라마다 달라서 현기증 나니까 굵직한 것만…!

미국
USDA ORGANIC

EU

EU
Ecolabel
www.ecolabel.eu

한국
천연화장품
식품의약품안전처
유기농화장품
식품의약품안전처

천연유래원료
95% 이상

천연화장품
중에서도
유기농 원료
10% 이상

유기농 ≠ 비건

Vegan

비건은 동물성 재료와
동물 실험을 제외한 것

EWC 불완전한 성분
지표, 법적 제제 없음

환경 인증들 너무 많죠.
인증들은 늘어나고,
인증받았다고 완벽하지 않지만…

174

그래도 한 번쯤 눈으로 봐두는 것은 도움이 돼요.
소비자가 똑똑해질수록, 속이기 어려워지고
재료뿐 아니라 제품을 만드는 사람과 지역, 과정까지
지속가능한지 관심 갖게 되거든요!

물과 폐기물을
재활용하는지

지역사회와
공생하는지

공정한 임금,
안전한 근무 조건인지

꿈쩍도 안 하던 장난감 공룡 기업들도
친환경 생산을 고려하고 있는 것처럼,

마텔은 2030년까지 장난감 전 제품과 포장재를 100% 재활용
혹은 바이오 기반 플라스틱 소재로 만들겠다고 발표해…

레고는 2030년까지 매년 생산하는 10만 톤
분량의 750억 개 레고 브릭(부품)들을 유성
플라스틱 대신 친환경 재료로 만든다는 목표…

나는 어떤 타입의 **'지구 수호자'**일까?
재미로 해보는 타입 체크리스트

- ☐ '비거니즘'이란 단어, 무슨 뜻인지 안다!
- ☐ 지금 쓰고 있는 비건 화장품, 욕실용품이 하나 이상 있다.
- ☐ 패스트 패션 소비를 중단했다.
- ☐ 텀블러를 들고 다닌다.
- ☐ 기후위기를 다룬 다큐멘터리를 한 개 이상 봤다.
- ☐ 제로 웨이스트 용품을 사본 적이 있다.
- ☐ 하루에 1끼 이상 채식을 한다.
- ☐ 가방 속에 장바구니가 들어 있다.
- ☐ 빨대 사용을 거부해본 적이 있다
- ☐ 플로깅/비치코밍을 해본 적이 있다.
- ☐ 플라스틱 패키지를 줄여달라고 건의해본 적이 있다.
- ☐ 지속가능하게 경영하는 기업을 찾아 지지한다.
- ☐ 해외에서 날아온 음식보다 로컬 음식을 선호한다.
- ☐ 대체육을 구매해서 먹어본 적이 있다.
- ☐ 다회용기에 음식을 포장해온 적이 있다.
- ☐ 환경에 대한 수다를 즐기게 되었다.
- ☐ 일회용 제품을 의식적으로 줄이려고 한다.
- ☐ 따릉이, 대중교통을 애용한다.
- ☐ 동물권을 지켜줘야 한다고 생각한다.
- ☐ 한 사람의 실천도 쓸모 있다고 믿는다.

☑ 18개 이상 체크

이런 무농약 인간! 당신의 지식과 노하우를 전파해주세요!

☑ 15개 이상 체크

당신은 플라스틱 다이어터! 덕분에 지구가 어제보다 살 만해요!

☑ 10개 지구수호자

당신은 초록 행동가! 파릇파릇한 열정을 이어가세요!

☑ 5개 지구수호자

당신은 다정한 지구인! 출구 없는 에코 라이프에 입장하셨군요.

☑ 0개 지구수호자

지구는 지금 당신이 필요합니다! 아주 작은 실천부터 시작해 보세요.

Chapter
4

내 몸을 위한
맛있는 채식

삼시 세끼 고기 먹을 필요 없으니 매일 한 끼 정도는 채소 식사를 해볼까?

채소 짱 좋아!

가끔은 비건 레스토랑과 베이커리도 가요

절대 요리하기 귀찮아서가 아니라… 호호

오직 고기를 얻기 위해 열대 우림이 파괴되고 있거든요.

사료와 가축을 기르기 위해

6초에 (미식)축구장 한 개만큼 사라짐. ㅠ

뭣보다 새롭고, 맛있는 비건 음식을 만나니 내가 알던 세상이 조금 더 넓어지는 느낌이 들었어요.

속도 편해요

어릴 때부터 지속가능한 삶을 지향하는
주관을 갖고

내
햄버거
먹어봐

오키!

실천하는 삶을 사는 것은 멋지지 않은가?
그녀를 떠올리며 생각했어요.

① 유부와 다르다규!
유부와 콩고기 덮밥으로
먹기도 하고

② 채소가 같이 들어 있는
제품도 있어서 밥반찬으로 굳!

밀키 급식판 ↗ ☺

하지만 간장맛 한 종류만 먹고살 순 없잖아요!?
그래서 식물성 고기 탐험이 시작되었어요.

맛있는 채식을 하고픈데!
더 나은
대체품은 어디에?

난 소고기가
아냐-
생명이지.

여러 브랜드의 식물성 고기를 사서
다양하게 조리해보는 것도 재미있어요.

오 BBQ 양념 맛!
맛있다.

이 고기
뭐야?

콩!

식감도 종류도 여러 가지라
피자와 샌드위치로 해먹기!

근데 플라스틱 & 스티로폼
패키지 있으면 아무리 맛있어도
더는 안 사요.

개선해
주세요.

하지만 분출하는 저의 요리 욕심!!!
그냥 만들 순 없어서 밀키와 '비건 베이킹 수업'을
들었어요.

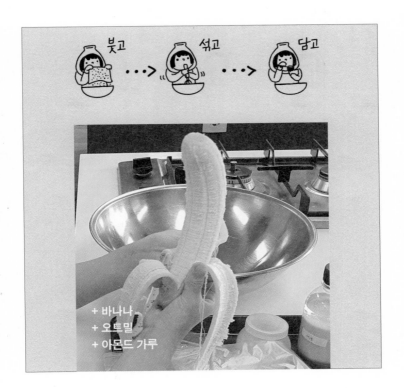

붓고 ...> 섞고 ...> 담고

+ 바나나
+ 오트밀
+ 아몬드 가루

붓고 ···> 섞고 ···> 담고

+ 두유
+ 아가베시럽
+ 포도씨유

붓고 ∙∙∙> 섞고 ∙∙∙> 담고

+ 감자전분
+ 쌀가루
+ 시나몬 가루

붓고　　　　섞고　　　　담고

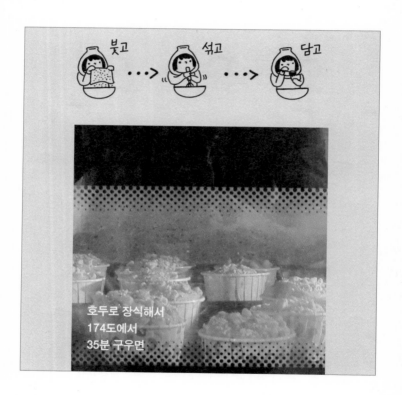

호두로 장식해서
174도에서
35분 구우면

붓고 ⋯> 섞고 ⋯> 담고

바나나오트밀
머핀 완성!

아침에 따끈하게 먹으면 행복!

요 스모어를 '채식'으로 먹을 수 있죠!　　내돈 내먹입니당 😊

비건 초콜릿
유당 없음

비건 마시멜로!
젤라틴 대신 카사바라는
뿌리식물로 만듦

비건 크래커
담백!

마시멜로를
살짝 구워서
티가 안 나지만··

그래도 맛있어요···◆

핼러윈에는 잭 오 랜턴 장식이 있어야…

플라스틱 호박 바구니 대신에…

'표주박'에 그리거나 '귤'로 만들 수 있어요. 썩지 않는 플라스틱보다 생분해되는 것이 좋죠.

로 새긴 귤 랜턴…

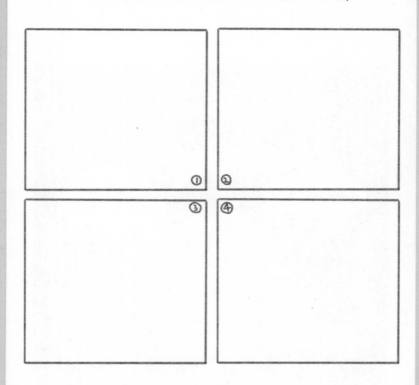

친환경 웹툰 나도 그려보자!

지구를 위한 실천을 했다면? 만화로 그려서 공유해보세요.

아이디어가
생각나지 않는다면…?

채식, 플로깅, 제로 웨이스트, 계단 이용, 플라스틱 줄이기,
텀블러 이용, 용기내, 업사이클, 친환경 브랜드 이용, 비건 화장품,
에코퍼, 비건 패션, 대체육, 에너지 절약 등등

친환경 웹툰 나도 그려보자!

지구를 위한 실천을 했다면? 만화로 그려서 공유해보세요.

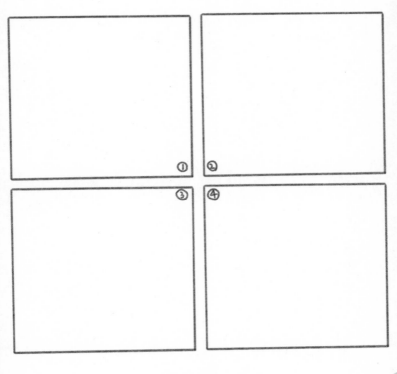

아이디어가
생각나지 않는다면…?

채식, 플로깅, 제로 웨이스트, 계단 이용, 플라스틱 줄이기,
텀블러 이용, 용기내, 업사이클, 친환경 브랜드 이용, 비건 화장품,
에코퍼, 비건 패션, 대체육, 에너지 절약 등등

나를 위해
친환경!

01. 요요 현상이 온다면
밀키베이비 친환경 실천기

213

220

222

그래서 밀키에게 현실 지옥보다
긍정적인 경험을,

자연과 분리되지 않도록
자연 속 체험을 늘리고

현실지옥 경험 조금, 긍정 경험 팍팍 비율로

맞춰가고 있답니다.

찬찬히 내 위치에서
할 수 있는 것들을 해보고 있어요.
지구는 인간만의 것이 아니니까요!

좁았던 내 세계가 살짝 넓어졌어요.

콩으로 만든 템페(인도네시아 발효음식) 맛을 알게 될 줄이야!

썰어서 냉동해두고 출출할 때 살짝 구워서 꿀 찍어 먹으면... 👍

노 케미

채식

제로 웨이스트

와 저게 다 뭐냐냐.

패스트 패션 소비 습관을 버리니 다른 세계가 보였죠.

온실가스 줄이는 "빈티지 패션" 예쁘고 품질 좋은 희귀템의 매력 👍

236

작업 초반,
환경에 대해 아는 것도 없이 냅다 시작했어요.
열정은 드높아서 시행착오도 잦았지요.

제로 웨이스트 한다고
치약, 샴푸 만들던 때

엄마
똥손!

계속 그리기 우해서 더 알아야겠더라고요.
환경 책들이 나오는 족족 골고루 다독했죠.

옳다고 믿었던 게 실은 편향된 정보였고,
한쪽 편을 들면 누군가는 피해를 보기도 한다는
생각에 조심하고, 공부하며 연재했어요.

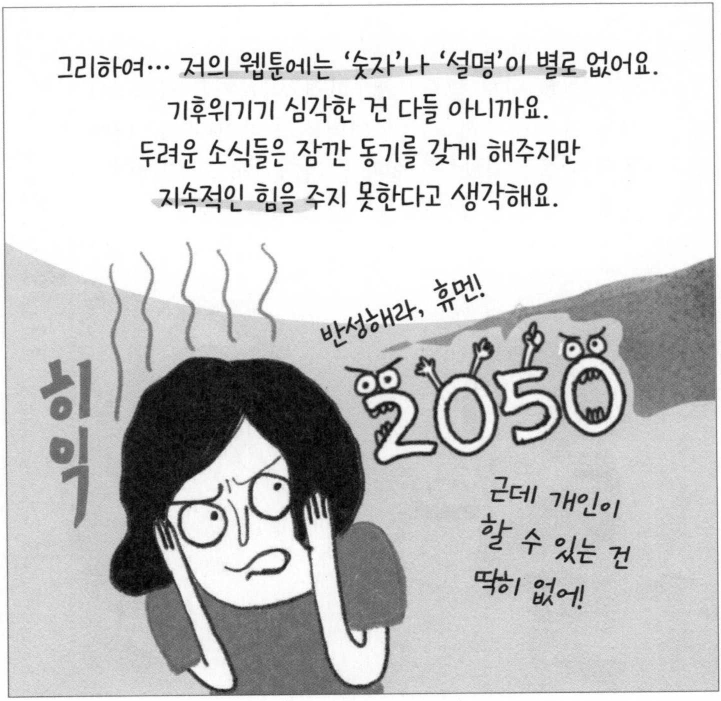
그리하여… 저의 웹툰에는 '숫자'나 '설명'이 별로 없어요.
기후위기가 심각한 건 다들 아니까요.
두려운 소식들은 잠깐 동기를 갖게 해주지만
지속적인 힘을 주지 못한다고 생각해요.
반성해라, 휴먼!
2050
히익
근데 개인이 할 수 있는 건 딱히 없어!

1년 반 동안의 연재가 쉽진 않았지만…
한 명이라도 더
가볍게 환경 이야기를 주고받고,
아이디어도 나누고,
'실천할 결심'까지 하면 좋겠다!
이런 맘으로 그린 밀키를 그리고 있습니다.

에필로그

필터 버블은
기후 우울증을 불러온다

여러분, 조심할 게 있어요. 시중에 나온 환경책과 매일 쏟아
지는 기후 뉴스를 보면서 저는 무섭고 우울했습니다. 종국엔
무기력해져서 지구를 위한 마음이 쪼그라들 지경이었죠. 그
러다 알게 되었어요. 이게 '기후 우울증'이라는 것을.

우울함을 극복할 수 있었던 시작점은 한쪽의 의견만 보지 않
고 양쪽의 관점이 담긴 정보를 찾아 '균형'을 맞춰가면서부터
입니다. 소가 온난화의 주범이라서 채식을 주장하는 책을 읽
으면, 정말 '소고기'가 문제인가를 거론하는 책을 찾아보았

습니다. 기후변화를 설명하는 부정적인 수치로 가득한 책을 읽으면, 수치보다는 긍정적인 실천과 메시지가 담긴 책도 펼쳐보았죠.

저는 점점 균형을 찾아갔습니다. 우울함의 근간은 한쪽 편이 주장하는 이상적인 목표에 있었습니다. 나는 지구를 지키는 수호대가 아닌데, 조금만 실패하면 타협했다는 죄책감이 들었던 것이죠.

진짜 실천의 첫 단추는 이상적인 목표를 버리고, 나의 생활에 맞는 실천으로 바꾸는 것에 있었습니다. 대도시에서 아이를 키우는 워킹맘에게 맞는 친환경 실천은 찾기가 너무 어려웠죠.

저는 아이와의 식단을 꾸리며 완전 비건보다 1일 1채식하는 윤리적 잡식주의자로, 월든처럼 숲속에서 살 수 없지만 집 한쪽 귀퉁이에 식물을 가꾸는 엄마로서의 삶도 지구를 위한 일상이라는 걸 알게 되었습니다. 극단이 아니어도 괜찮습니다. 나의 일상에서 반발짝만이라도 친환경적인 시도를 했다면, 스스로에게 '나 잘했어!'를 선사해주세요.

순한맛 친환경은 어떠세요?

혹자는 개인의 실천은 통계적으로 의미가 없다고 합니다. 기후위기를 해결하기에 개인의 영향력이 미미하다는 것이지요. 맞습니다. 그렇다고 "나는 아무것도 할 수 없을 거야"라는 회의적인 사고는 지구에 도움이 안 됩니다. 오히려 우리 개인들은 지구를 위한 실천 과정 자체를 더욱 재미있게 즐겨야 합니다.

저는 실천의 즐거움을 알리고자 제가 가장 잘할 수 있는 웹툰으로 실천을 공유했지요. 비건 재료로 맛있는 베이킹도 해보고, 다양한 환경 캠페인에 아트 콜라보 형식으로 참여해보고, 인친들과 친환경 드로잉 워크숍도 하고, 직접 치약과 샴푸도 만들어보며 자기효능감, 긍정의 메시지를 얻었습니다. 몸을 움직여 얻어낸 개인의 경험담이, 지난 150년간의 기후

변화를 설명하는 통계 그래프보다 여러분께 더 와닿을 거라고 믿습니다.

6년 전, '일과 육아 사이에서 고민하는 여성의 목소리는 왜 없을까?' 생각만 하다가 밀키베이비 웹툰을 시작하게 되었습니다. 고민뿐 아니라 육아의 즐거움, 그 과정에서 배운 것들을 쏟아내면서 다른 양육자들과도 공감과 의견을 주고받았습니다. 완벽하진 않아도, 지금 육아 환경을 더 나은 방향으로 이끄는 이들이 많아졌음을 느끼죠.

마찬가지로, 지구라는 공동의 터전을 가꾸는 행동을 알리는 것은 중요합니다. 꿋꿋하게 환경을 위하는 한 사람, 한 사람의 기쁨과 진심이 실천을 망설이는 다른 이들에게 가 닿을 거라는 믿음이 있거든요. 웹툰을 연재하는 동안에도 곳곳에서 모인 작은 목소리와 실천 덕분에 기업과 정부의 참여가 일어나는 것을 보았습니다. 우리 보통의 존재들은 보통의 실천을 이어 나가면 됩니다. 부디, 즐겁게 하세요!

지구로운 출발

초판 1쇄 발행 2023년 1월 10일

지은이 김우영
펴낸이 이지은
펴낸곳 팜파스
진행 이진아
편집 정은아
디자인 박진희
마케팅 김민경, 김서희

출판등록 2002년 12월 30일 제10-2536호
주소 서울시 마포구 어울마당로5길 18 팜파스빌딩 2층
대표전화 02-335-3681   **팩스** 02-335-3743
홈페이지 www.pampasbook.com | blog.naver.com/pampasbook
인스타그램 www.instagram.com/pampasbook
이메일 pampasbook@naver.com

값 16,000원
ISBN 979-11-7026-533-7 02810